Tudur Budr

Budr

Torri Gwynt!

DAVID ROBERTS · ALAN MACDONALD

Addasiad Gwenno Mair Davies

Gomer

Cynnwys

PENNOD i

Tudur oedd yr unig un yn ei ddosbarth a oedd
yn mwynhau bwyta cinio ysgol. Tatws stwnsh
sur a grefi lympiog. Mwydod sbageti a pheli
cig. Cwstard oer gyda chroen crebachlyd
drosto. Roedd Tudur wrth ei fodd gyda'r cyfan.

'Ych a fi! Sut ar wyneb y ddaear wyt ti'n
gallu ei fwyta fo?' meddai Darren yn ystod
amser cinio dydd Gwener. Slyrpiodd Tudur

Tudur Budr

ei bwdin reis a thorri gwynt yn uchel, yn amlwg wedi cael gwledd.

'Wyt ti am orffen dy un di?'

'Na,' atebodd Darren. 'Mae o'n edrych fel jeli penbyliaid.'

'Tyrd â fo yma,' meddai Tudur.

Ar hynny, brasgamodd Miss Prydderch, y brifathrawes, i'r ffreutur gyda dynes mewn côt wen. Curodd Miss Prydderch ar y bwrdd bwyd er mwyn tynnu sylw pawb. 'Rydw i eisiau i bawb gyfarfod Miss Moronen, sef ein prif gogyddes newydd ni,' meddai. 'Mae gan Miss Moronen lawer o syniadau rhagorol ar sut i wella ein cinio ysgol ni.'

Tudur Budr

Edrychodd Miss Moronen arnynt yn annwyl. 'Blant,' meddai, 'fy swydd i fydd sicrhau eich bod chi i gyd yn cael prydau iachus a llesol o fwyd. Pwy fedrith feddwl am rywbeth sydd yn iachus ac yn flasus?'

Saethodd llaw Pamela i'r awyr. 'Oren,' meddai.

'Da iawn,' gwenodd Miss Moronen.

'Afocado,' meddai Dyfan-Gwybod-y-Cyfan, gan ddangos ei hun.

'Ardderchog,' meddai Miss Moronen.

'Afal,' meddai Tudur.

'Gwych. Mae afal yn iachus,' nodiodd Miss Moronen ei phen.

Tudur Budr

'Grêt,' meddai Tudur. 'Fyddwn ni'n cael afal taffi yfory?'

'Llai o siarad, bwyta dy ginio,' brathodd Miss Moronen.

Ddydd Llun, doedd Mrs Llwyd ddim yn gweini'r cinio o'r twll yn y wal fel y gwnâi fel arfer. Yn ei lle roedd Miss Moronen. Roedd hi wedi ysgrifennu'r fwydlen ar yr hysbysfwrdd.

Bwydlen y Dydd

Cawl bresych a gwygbys
Brocoli Pob â Salad Betysen Goch
Cacen Foron Syrpréis
Iogwrt Iach
Afal neu fanana

Rhythodd Tudur a'i ffrindiau yn llawn dychryn ar yr ysgrifen ar yr hysbysfwrdd.

Tudur Budr

Mae'n rhaid mai rhyw fath o jôc oedd hyn? *Brocoli? Bresych?* Oedd hi'n trio eu LLADD nhw?

'Beth ydi hyn?' holodd Tudur.

'Llwyth o ffrwythau a llysiau llesol,' meddai Miss Moronen. 'Yr union beth i blant bach ar eu tyfiant.'

'Ond ble mae'r sglodion?' gofynnodd Tudur.

'Dim sglodion seimllyd,' meddai Miss Moronen.

'Ble mae'r cwstard?'

'Dim cwstard cyfoglyd.'

'Ble mae'r pwdin jam roli-poli?'

'Dim pwdinau stwnshlyd yn llawn siwgr sinistr,' meddai Miss Moronen. 'O hyn ymlaen, rydyn ni am fwyta bwyd blasus, iachus a maethlon, fel salad.'

'Dwi wrth fy modd gyda salad,' meddai Dyfan-Gwybod-y-Cyfan. 'Llond plât i mi, os gwelwch yn dda!'

Tudur Budr

Edrychodd Tudur arno fel petai ganddo gyrn ar ei ben.

'Cawl bresych neu Frocoli Pob?' gofynnodd Miss Moronen.

'Dim ond pwdin i mi,' meddai Tudur.

'Brocoli Pob, felly,' meddai Miss Moronen. Glaniodd llond llwy fawr o smonach gwyrdd lympiog ar blât Tudur. SBLAT!

Tudur Budr

Wrth ei ymyl, glaniodd y salad, yn nofio mewn sudd betys coch.

'Iogwrt neu Gacen Foron Syrpréis?' gofynnodd Miss Moronen.

'Beth ydi'r syrpréis?' holodd Tudur yn obeithiol.

'Mae'r moron yn organig, sy'n golygu eu bod nhw'n llawn fitaminau!' gwenodd Miss Moronen.

Cariodd Tudur ei hambwrdd at fwrdd er mwyn iddo eistedd i lawr. 'Fedra i ddim bwyta hwn,' cwynodd, gan syllu'n ddigalon ar ei blât.

'Dwyt ti ddim wedi ei flasu o eto,' meddai Dyfan-Gwybod-y-Cyfan.

'Yn union, Dyfan,' meddai Miss Prydderch, a oedd ar ddyletswydd cinio. 'Efallai y gall ambell blentyn ffyslyd ddysgu gwers gennyt ti. Bwyta dy fwyd, Tudur, mae'n edrych yn hynod flasus!'

Tudur Budr

Cododd Tudur lond fforchaid o'r gwyrddni llipa at ei wefusau. Pwysodd Darren ymlaen i sibrwd yn ei glust.

'Broga berwedig, a salad snot.'

Gollyngodd Tudur ei fforc. Doedd o ddim yn teimlo'n llwglyd iawn mwyaf sydyn.

PENNOD 2

Gwaethygu wnaeth prydau bwyd Miss
Moronen. Ar y dydd Mawrth cawsant
Grymbl Cnau a Seleri. Ddydd Mercher,
Caserol Iau ac Ysgewyll a phrŵns wedi eu
stiwio i bwdin. Fedrai Tudur ddioddef dim
rhagor. Amser chwarae galwodd am gyfarfod
brys ar y cae.

15

'Os wna i fwyta un llysieuyn arall mi fydda i'n sâl,' griddfanodd.

'A fi,' meddai Eifion.

'Wnes i ddim stopio torri gwynt ddoe,' meddai Darren. 'Gwynt mawr, swnllyd a drewllyd!'

'Dwi'n gwybod, fi oedd yn eistedd wrth dy ymyl di,' cwynodd Dona.

'Wel waeth i ni heb â chwyno, mae'n rhaid i ni wneud rhywbeth,' meddai Tudur.

'Beth am herwgipio Miss Moronen a'i chloi hi yn y carchar,' awgrymodd Darren.

'Syniad da,' meddai Dona. 'Ond does gennym ni ddim carchar.'

'Wel dydw i ddim am ddioddef eiliad yn rhagor,' meddai Tudur. 'Fedran nhw ddim ein gorfodi ni i'w fwyta fo.'

'Na fedran nhw?' gofynnodd Eifion.

'Na,' meddai Tudur. 'Ddim os gwnawn ni i gyd wrthod. Ddim os awn ni ar streic.'

Tudur Budr

Edrychai Eifion yn bryderus. 'Fyddwn ni mewn trwbwl?'

'Gwranda,' meddai Tudur. 'Dydyn ni ddim am fwyta briwsionyn arall nes eu bod nhw'n rhoi'r hen fwyd yn ôl i ni. Iawn?'

'Iawn,' cytunodd y gweddill. Byddai tatws stwnsh sur a grefi lympiog yn well na chinio cyfoglyd Miss Moronen.

Amser cinio ymunodd Tudur â'r ciw cinio.

'Beth hoffet ti? Caserol Iau ac Ysgewyll?' gofynnodd Miss Moronen.

'Na, dim diolch,' atebodd Tudur.

'Sleisen fawr o Bastai Sbigoglys?'

'Dim diolch,' meddai Tudur. 'Dydw i ddim eisiau dim byd.'

'Dim byd? Paid â bod yn wirion. Mae'n *rhaid* i ti fwyta,' meddai Miss Moronen.

Tudur Budr

Ysgydwodd Tudur ei ben yn bendant. 'Byddai'n well gen i fynd heb fwyd!'

'A finnau,' meddai Darren.

'A fi,' meddai Dona. Rhoddodd bwniad i Eifion.

'O, a finnau hefyd . . . os gwelwch yn dda,' meddai Eifion.

Anfonodd Miss Moronen am Miss Prydderch. 'Mae'r plant yma'n gwrthod bwyta'u bwyd,' meddai.

Tudur Budr

'Pa blant?' meddai Miss Prydderch.
Edrychodd y lleill ar Tudur.

'Ry'n ni ar streic,' esboniodd Tudur wrthi.
'Hyd nes y cawn ni fwyta'r hen fwyd unwaith
eto.'

Gwenodd Miss Prydderch wên fain.
'Dwi'n gweld. Felly dydych chi ddim eisiau
bwyd? Mae hynny'n berffaith iawn
hefo fi.'

'Esgusodwch fi?' meddai Tudur.

'Mae hynny'n iawn hefo fi.
Ewch heb fwyd,' meddai
Miss Prydderch. 'I ffwrdd
â chi!'

Tudur Budr

Heidiodd Tudur a'i ffrindiau i ffwrdd gyda'u platiau gwag. Eisteddodd pob un ohonynt wrth un o'r byrddau cinio a gwylio'r plant eraill yn cnoi ac yn slyrpian eu bwyd.

'Dwi isho bwyd,' cwynodd Darren.

'A finnau,' ochneidiodd Eifion.

'Dwi bron â llwgu! Mi fedrwn i fwyta moronen hyd yn oed,' meddai Dona.

Syllodd Eifion ar blât Dyfan-Gwybod-y-Cyfan. 'Beth am i ni gael pwdin ... Dim ond pwdin?'

'NA!' meddai Tudur. 'Rydyn ni ar streic, ti'n cofio? Mae'n rhaid i ni wrthod bwyta popeth nes y cawn ni'r hen fwyd yn ôl.'

'Ond dydw i ddim wedi bwyta ers amser brecwast,' grwgnachodd Darren. 'Os na wna i fwyta'n fuan, dwi'n siŵr o lwgu i farwolaeth!'

'Hy!' meddai Tudur. 'Nhw fyddai ar fai wedyn. Efallai y byddai hynny'n dysgu gwers iddyn nhw.'

21

PENNOD 3

SLAM! Cyrhaeddodd Tudur adre o'r ysgol.
Roedd ei fam yn y gegin yn siarad ar y ffôn.

'Iawn,' meddai. 'Peidiwch â phoeni, fe gaf i
air gydag o. Mae o newydd gyrraedd rŵan.'

Teimlodd Tudur y byddai rŵan yn amser da
i ddiflannu'n reit sydyn. Rhedodd i fyny'r grisiau.

'TUDUR!' galwodd ei fam. 'Tyrd lawr i
fa'ma, ar unwaith! Dwi isio gair hefo ti.'

Tudur Budr

Llusgodd Tudur ei draed yr holl ffordd i'r gegin.

'Beth ydi hyn amdanat ti'n gwrthod bwyta dy ginio yn yr ysgol?' holodd Mam.

'O,' meddai Tudur. 'Hynny.'

'Ia, hynny. Mae Miss Prydderch newydd fod ar y ffôn, ac mae hi'n flin iawn.'

'Nid fy mai i ydi hynny,' meddai Tudur. 'Mae'r cinio'n afiach! Mae'n llawn llysiau.'

'Mae llysiau'n dda i ti.'

'Ond Mam! Maen nhw'n gorfodi ni i fwyta brocoli. A betys coch! A moron!'

'Da iawn,' meddai Mam. 'Mae'n swnio'n iachus iawn.'

'Iach? Sut fedrith rhywbeth sy'n gwneud i mi deimlo'n sâl dim ond wrth edrych arno fo fod yn iach?' gofynnodd Tudur.

'Paid â gwneud môr a mynydd o'r peth, Tudur. Dim ond ychydig o foron ydyn nhw!'

'Ond Mam!'

Tudur Budr

'Does yna ddim *ond* amdani,' meddai Mam. 'Yfory fe fyddi di'n bwyta *bob tamaid* o dy ginio.'

Ochneidiodd Tudur. 'Ocê!'

'Gaddo?' holodd Mam.

'Gaddo,' atebodd Tudur.

Wrth iddo ddringo'r grisiau, gwenodd Tudur iddo'i hun. Roedd o wedi gaddo bwyta ei ginio – ond doedd o ddim wedi dweud beth fyddai yn y cinio, yn naddo?

Tudur Budr

BÎÎÎB! Chwythodd Miss Prydderch ei chwiban ar ddechrau'r diwrnod ysgol. Stwffiodd Tudur rywbeth i lawr ei siwmper wrth iddo wthio i'r llinell.

'Beth os gwneith hi dy ddal di?' sibrydodd Darren.

'Wnaiff hi ddim,' atebodd Tudur.

'Tawelwch yn y cefn!' bloeddiodd Miss Prydderch. 'I mewn â chi.'

Dechreuodd y llinell daclus o blant ymlwybro heibio'r brifathrawes, a oedd yn eu gwylio gyda llygad barcud. Cadwodd Tudur ei ben yn isel. Metr neu ddau arall, ac fe fyddai'n saff. Daeth braich allan fel bollten ar draws ei lwybr a'i rwystro rhag cymryd cam arall. O, na!

'Tudur,' meddai Miss Prydderch.

'Ie, Miss?'

Tudur Budr

'Beth ydi'r lwmp yna o dan dy siwmper di?'

'Lwmp, Miss? Dim byd, Miss!'

'Wir?' Prociodd Miss Prydderch siwmper Tudur â'i bys. Roedd sŵn crensian a siffrwd i'w glywed.

'Dwylo yn yr awyr,' gorchmynnodd y brifathrawes.

'Be?' meddai Tudur.

'Glywaist ti beth ddywedais i – dwylo yn yr awyr!'

Cododd Tudur ei ddwylo'n uchel i'r awyr. Disgynnodd paced o greision o'i siwmper. Ac yna ddau baced arall ar ôl hwnnw.

'Pocedi,' meddai Miss Prydderch.

Trodd Tudur ei bocedi tu chwith allan. Disgynnodd fferins ac ambell far o siocled wrth draed Miss Prydderch.

'Rwyt ti'n gwybod y rheolau, Tudur,' meddai. 'Dim creision na fferins yn yr ysgol.'

Diflannodd y siocled i'w phoced.

Tudur Budr

Yn hwyrach y bore hwnnw, roedd Tudur yn cerdded heibio ystafell yr athrawon ar ei ffordd i nôl ei ginio. Clywodd leisiau'n cario o'r ochr arall i'r drws. 'Diolch i'r nefoedd nad oes rhaid i ni fwyta bwyd yr ysgol,' meddai Miss Jones.

'Dwi'n gwybod! Mae'r bwyd yn afiach, yn tydi,' atebodd Miss Prydderch. 'Gymerwch chi ddarn arall?'

Cilagorodd Tudur y drws a sbecian i mewn.

Tudur Budr

Gallai weld ei athrawon yn bwyta rhywbeth.
Siocled. Ei siocled o! Daliodd Tudur ei wynt.
Y tro hwn, roedden nhw wedi mynd yn rhy
bell. Doedd neb yn cael dwyn siocled Tudur
heb orfod talu'n ddrud am wneud hynny.

Yn y ffreutur syllodd Tudur o'i gwmpas.
Roedd ei ffrindiau i gyd yn bwyta'u cinio.

'Ro'n i'n meddwl ein bod ni ar streic,'
gwgodd Tudur.

'Sori, Tudur. Mae'n rhaid i mi fwyta. Roedd
yn rhaid i mi addo hynny i Mam,' atebodd
Fifion.

'A finnau,' meddai Darren.

'Peidiwch â phoeni, fe wnaethom ni drio
ein gorau,' ochneidiodd Dona.

Wnaeth Tudur ddim ateb. Doedd o ddim
wedi rhoi'r ffidl yn y to. Roedd yn rhaid iddo
feddwl am ffordd o ddial ar yr athrawon.

Tudur Budr

Syllodd ar y Blodfresych Caws gwlyb ar blât
Eifion . . .

'Mae o'n edrych yn afiach,' meddai.

'Ydi,' cytunodd Darren. 'Fel pryfaid mewn
cwstard.'

'Pryfaid genwair mewn hufen iâ,' meddai
Dona.

'Jeli cynrhon,' meddai Eifion.

Rhythodd Tudur yn gegagored. Pam na
feddyliodd o'n gynt? Roedd Miss Moronen yn
brolio byth a beunydd fod ei bwyd hi wedi ei
goginio â chynhwysion ffres . . . Wel, efallai y
byddai o'n ychwanegu ambell gynhwysyn ei
hun!

PENNOD 4

Y diwrnod wedyn, arhosodd Tudur yn ddiamynedd am amser chwarae.

BRIIING! Canodd y gloch wrth i'r dosbarth daranu allan i'r cae chwarae. Sleifiodd Tudur yn ei ôl a llithro trwy'r ffreutur i'r gegin. Agorodd y drws i wneud yn siŵr ei bod hi'n saff iddo fynd i mewn. Roedd Miss Moronen wrthi'n hymian iddi'i hun wrth y sinc yn yr

Tudur Budr

ystafell gefn. Byddai'n rhaid iddo symud yn
gyflym. Cerddodd ar flaenau ei draed tuag at
yr oergell ac agor y drws.

Yno ar y silff uchaf roedd ei darged –
bowlen anferth yn llawn o salad gwyrdd.
Estynnodd Tudur am y tun a fenthycodd o fag
pysgota'i dad a thynnu'r caead. Y tu mewn
iddo, roedd yna fôr o gynrhon tew yn gwingo'n
aflonydd. 'Amser cinio, hogie!' sibrydodd.

Hanner awr yn ddiweddarach, eisteddodd
Miss Prydderch i fwyta ei chinio. Cododd
lond fforc o'r salad gwyrdd i'w cheg a dechrau
cnoi. Rhyfedd, meddyliodd; heddiw roedd y
salad yn blasu braidd yn od – ychydig yn hallt
ac ychydig yn wlyb. Edrychodd i lawr ar ei
phlât. Roedd rhywbeth yn symud yn y salad.

Tudur Budr

Cododd y rhywbeth hwnnw ei ben a gwingo'n aflonydd.

'AAAAAA!' sgrechiodd Miss Prydderch. 'CYNRHON!'

Tudur Budr

Gwthiodd ei phlât o'r ffordd yn wyllt nes i hwnnw ddisgyn ar y llawr a malu'n deilchion. Gafaelodd yn dynn am ei gwddf. Cynrhon! Ac roedd hi newydd lyncu llond ceg ohonynt! Cydiodd mewn jẁg o ddŵr a'i lowcio'n gyflym.

'Miss Moronen!' gwichiodd. Daeth y brif gogyddes i'r golwg.

Ym mhob twll a chornel o'r ffreutur, gallai weld plant yn gweiddi, yn sgrechian, yn crio ac yn poeri eu bwyd ar y llawr. Beth yn y byd oedd wedi digwydd?

'Edrychwch!' bloeddiodd Miss Prydderch gan bwyntio at ei phlât. 'Edrychwch!'

'Dydw i ddim yn deall,' crafodd Miss Moronen ei phen. 'Roedd y salad yna'n ffres bore 'ma.'

'Ffres?' bytheiriodd Miss Prydderch. 'Mae o'n llawn cynrhon! Ydych chi'n ceisio fy ngwenwyno i?'

Tudur Budr

'Mae'n ddrwg gen i, Miss Prydderch. Wnaiff o ddim digwydd eto.'

'Rydych chi'n iawn, Miss Moronen,' ffrwydrodd y brifathrawes. 'Wnaiff hyn, yn bendant, *ddim* digwydd eto.'

Y bore dydd Llun canlynol roedd Tudur yn ôl yn y ciw cinio unwaith eto. Roedd y bwrdd a oedd yn dangos bwydlen iachus y dydd wedi diflannu. Doedd dim golwg o Miss Moronen. Roedd Mrs Llwyd yn ei hôl yr ochr arall i'r twll yn y wal yn ei ffedog fudr. Fedrai Tudur ddim aros. *Dim mwy o fetys coch ych a fi na brocoli boring,* meddyliodd, *tatws stwnsh a grefi, dyma fi'n dod!*

Gollyngodd Mrs Llwyd lond llwy fawr o sbageti ar ei blât. Syllodd Tudur ar y sbageti. Roedden nhw'n hir, yn wlyb ac yn gwingo.

Yn union fel . . .

Tudur Budr

Tarodd ei law dros ei geg a rhuthro o'r
ffreutur.

'Beth sydd yn bod arno fo?' gofynnodd
Eifion.

'Dim syniad,' meddai Darren. 'Ro'n i'n
meddwl ei fod o'n hoffi sbageti pry
genwair.'

DREW DOD!

PENNOD 1

Roedd Tudur yn gweithio'n brysur ar arbrawf yn ei ystafell wely. Ers wythnosau bellach roedd o wedi bod wrthi'n casglu cynhwysion ar gyfer gwneud bom drewdod.

Bom Dom Drewllyd Ofnadwy Tudur - Dewis 1

1 lwmp o gaws drewllyd	1 hosan bêl-droed chwyslyd
4 wy drwg	
1 tun o fwyd ci	3 deilen bresychen wedi llwydo
Blew ci - llond llaw go lew	

Tudur Budr

Slip! Slop! Trodd Tudur y cynhwysion yn y twb gyda phensil ac arogli'r slwtsh brown tywyll. *Ddim yn ddrwg,* meddyliodd.

Roedd angen diwrnod neu ddau arall i'r slwtsh wella a mynd yn ddrewllyd go iawn. Fedrai Tudur ddim aros i roi'r bom drewdod ar brawf yn yr ysgol. Efallai y gallai ei sleifio at ddesg Miss Jones? Neu, gwell fyth, ei saethu at Dyfan-Gwybod-y-Cyfan ar y ffordd adref o'r ysgol. Daeth Chwiffiwr ato a gwthio'i drwyn i'r twb plastig.

'Na, Chwiffiwr! Na,' meddai Tudur. 'Fedri di ddim bwyta hwn!'

Peidiwch â'i agor, neu fe fyddwch yn difaru!

Roedd rhywun yn dod. Taflodd Tudur y caead ar y twb yn frysiog a'i guddio yn y cwpwrdd bach wrth ei wely.

Tudur Budr

Ymddangosodd pen Mam heibio'r drws. 'Tudur, beth wyt ti'n ei wneud?' gofynnodd yn ddrwgdybus.

'Dim byd,' atebodd Tudur. 'Dim ond chwarae.'

Aroglodd Mam yr aer. 'Beth ydi'r arogl rhyfedd yna?'

'Arogl? Fedra i ddim arogli dim byd.'

'Mae o'n *afiach*,' meddai Mam. 'Mae'n arogli fel teulu o foch!'

'Ydi o?' Roedd Tudur yn edrych yn falch iawn ohono'i hun. Mae'n rhaid bod ei fom drewdod o'n hymdingar os oedd hi'n bosibl ei arogli o du mewn i gwpwrdd. Roedd Mam yn sniffian o amgylch yr ystafell, yn ceisio darganfod o ble roedd yr arogl yn dod. Gwyddai Tudur y byddai'n rhaid iddo wneud neu ddweud rhywbeth yn gyflym, cyn i'w fam feddwl am edrych yn y cwpwrdd bach wrth y gwely.

Tudur Budr

'PWWW, CHWIFFIWR! Wyt ti
wedi gollwng un?' meddai Tudur, gan ddal ei
drwyn.

Ysgydwodd Chwiffiwr ei gynffon.

'Yr hen gi yna,' ochneidiodd Mam, cyn troi
at Tudur a dweud, 'ro'n i'n meddwl fy mod i
wedi gofyn i ti lanhau dy ystafell!'

'Mae hi'n lân,' atebodd Tudur.

Cododd Mam ei haeliau. 'Tudur! Mae yna
lanast ym mhobman!'

Tudur Budr

Edrychodd Tudur ar ei ystafell. Roedd popeth lle yr oedd o i fod. Ar y llawr.

'Dwi'n licio'n llofft fel hyn,' esboniodd.

'Wel, dydw i ddim a dwi ishio i ti glirio'r ystafell 'ma,' meddai Mam. 'Mae ffrind Siwsi'n dod draw i aros heno.'

'Pwy?' holodd Tudur.

Daeth Siwsi i'r golwg wrth y drws. 'Besi,' meddai.

Ochneidiodd Tudur. Nid Besi Bosi! O holl ffrindiau Siwsi, hi oedd y gwaethaf. Mi fyddai hi'n ceisio ei fosio o gwmpas drwy'r nos.

'Ac mi fyddan nhw'n cysgu yn fan hyn,' meddai Mam.

Bu bron i ên Tudur gyffwrdd â'r llawr. Roedd o'n teimlo'n sâl! Roedd o'n teimlo'n benysgafn. 'YN FA'MA? Yn FY LLOFFT I?' meddai.

'Ia,' atebodd Mam. 'Mae dy ystafell di'n fwy o lawer nag ystafell Siwsi. Fe allwn ni godi'r gwely gosod yn fa'ma.'

Tudur Budr

'Ond . . . ond ble fydda *i*'n cysgu?'

'Yn ystafell wely Siwsi.'

'NA!' gwaeddodd Tudur.

'NA!' sgrechiodd Siwsi.

'Dim ond am *un* noson,' meddai Mam.

'Fedra i ddim cysgu yn fa'ma. Ga' i chwain!' cwynodd Siwsi.

'Lol botes. Mae Tudur am glirio.'

'Clirio? Mae angen diheintio'r lle!' meddai Siwsi. 'A beth ydi'r arogl afiach yna?'

Pwyntiodd Mam at Chwiffiwr. 'Mae angen i hwn fynd yn ôl at y fet.'

PENNOD 2

DING DONG! Gallai Tudur glywed lleisiau ar waelod y grisiau. Roedd Besi Bosi wedi cyrraedd.

'Helô, Besi!' meddai Mam yn llawen.

'Helô,' atebodd Besi.

'Gobeithio y cei di amser bendigedig, cariad!' meddai mam Besi, gan ei chusanu ar ei boch. 'Fe ddof i i dy nôl di yn y bore.'

Tudur Budr

Caeodd Mam y drws.

'Reit 'ta, beth am i ti ddangos i Besi ble mae hi'n cysgu, Siwsi?'

Rhoddodd Besi ei chês i Siwsi, a'i dilyn yn dynn wrth ei sodlau i fyny'r grisiau.

Daethant o hyd i Tudur yn eistedd ar ei wely yn darllen llyfr comics.

'Allan,' meddai Siwsi.

'Ewch chi allan,' meddai Tudur. 'F'ystafell *i* ydi hon.'

'Ddim heno. Mae Mam wedi dweud bod yn rhaid i ni gysgu yma, ti'n cofio?'

Gwgodd Besi. Roedd hi'n casáu brodyr bach. Petai ganddi hi frawd bach byddai hi'n ei roi i siop elusen.

'Dydw i ddim yn mynd i gysgu yn ei wely o,' pwyntiodd. 'Mae'n drewi.'

'Ti sy'n drewi,' meddai Tudur.

'Na, ti.'

'Na, *ti* sy'n drewi.'

Tudur Budr

'Na, *ti*.'

'Anwybydda fo,' meddai Siwsi. 'Gad i ni chwarae tywysogesau. Fe gei di fod yn Dywysoges Besi.'

'Tywysoges Drewi, ti'n 'i feddwl,' chwarddodd Tudur.

Llusgodd Besi Tudur oddi ar y gwely, a rhoi tro i'w fraich.

'AW!' gwaeddodd Tudur. Gwthiodd hi i ffwrdd. Baglodd Besi a disgyn ar ben y gwely gosod. TWANG! Disgynnodd hwnnw'n fflat i'r llawr.

Tudur Budr

'WAAAAAA!' udodd Besi.

Rhuthrodd Mam i fyny'r grisiau. 'Beth sydd wedi digwydd?' holodd, gan fynnu cael gwybod y gwir.

'Fe wnaeth Tudur fy nharo i,' nadodd Besi.

'Tudur!' meddai Mam yn flin.

'Naddo, wnes i ddim!' meddai Tudur. 'Fe wnaeth hi bron iawn dorri 'mraich i!'

'Fo gychwynnodd,' meddai Siwsi. 'Mae o'n mynnu difetha'n gêm ni.'

'Tudur, dos i dy ystafell wely!' gorchmynnodd Mam.

'Hon *ydi* f'ystafell wely i,' meddai Tudur.

'Wel, dos i ystafell wely Siwsi 'ta, ac arhosa yno tan amser swper!'

Aeth Tudur o'r ystafell, gan guro'r llawr yn galed â'i draed yr holl ffordd. Doedd hyn ddim yn deg. Roedd yn rhaid iddo ddial ar y merched slei am hyn.

Tudur Budr

'Amser swper!' galwodd Mam.

Llamodd Tudur i lawr y grisiau. Roedd o bron â llwgu. Roedd o wedi bod yn ystafell Siwsi ers oriau, a doedd yno ddim byd iddo chwarae ag o. Ddim hyd yn oed cleddyf môrleidr na gwn dŵr. Yn y gegin, gallai arogli pitsa a sglodion.

'Mmm,' meddai Tudur, gan helpu ei hun i ddarn mawr o bitsa.

'Bydd yn ŵr bonheddig, Tudur!' meddai Mam.

'Ia, Tudur,' meddai Siwsi. 'Rydan ni bob amser yn gadael i bobl ddiarth gael bwyd yn gyntaf.'

Yn anfodlon, gosododd Tudur y darn pitsa yn ei ôl ar y plât, ac yna gwthio'r plât o dan drwyn Besi. Ond crychu ei thrwyn wnaeth Besi. 'Dydw i ddim yn hoffi pitsa.'

Tudur Budr

'O diar, paid â phoeni, mae gen i ychydig o salad,' meddai Mam.

'Dydw i ddim yn hoffi salad,' grwgnachodd Besi.

'Beth am i ti fwyta'r sglodion 'ta?' ochneidiodd Mam, gan bentyrru'r sglodion ar blât Besi.

'Dydw i ddim yn hoffi'r sglodion yma. Dydyn nhw ddim fel sglodion Mam,' cwynodd Besi.

'Grêt, mwy i mi felly!' meddai Tudur gan estyn dros y bwrdd i gydio ym mhlât Besi.

'Tudur!' rhybuddiodd Dad.

Cydiodd Besi yn ei phlât a'i ddal yn dynn.

Tudur Budr

Tynnodd Tudur. Tynnodd Besi am yn ôl.
Saethodd y sglodion i'r awyr a glanio ar y
llawr.

Plygodd Tudur i lawr. Cododd sglodyn oddi
ar y llawr, ei sychu yn ei grys a'i fwyta.

'TUDUR!' gwaeddodd Mam.

'Beth ydw i wedi ei wneud rŵan?'
gofynnodd Tudur â'i geg yn llawn.

'Dos oddi wrth y bwrdd bwyd a dos i dy
ystafell!' gorchmynnodd Mam.

Edrychodd Besi ar Siwsi. Gwenodd y ddwy.

PENNOD 3

Ar ôl swper eisteddodd y merched o flaen y teledu. Daeth Tudur drwy'r drws a disgynnodd yn swp i gadair freichiau gyfforddus. 'Newidiwch y sianel. Dwi ishio gwylio cartŵn!' meddai.

'Ond rydyn ni'n gwylio hwn,' meddai Siwsi. *'Tywysogesau'r Teledu* ydi o.'

'Be?' ebychodd Tudur. 'Ond dwi wastad yn gwylio cartŵn bob dydd Sadwrn.'

Tudur Budr

'Pleidlais amdani,' meddai Siwsi. 'Pwy sydd eisiau gwylio rhaglen Tudur?'

Cododd Tudur ei law.

'Pwy sydd eisiau gwylio *Tywysogesau'r Teledu*?' Cododd Siwsi a Besi eu dwylo.

'Hen dro! Ti wedi colli,' gwawdiodd Besi.

Suddodd Tudur yn ôl i'w gadair, â'i ben yn ei blu. Dyma'r dydd Sadwrn gwaethaf erioed. A Siwsi a'i ffrind boslyd, Besi, oedd ar fai. Fedrai o ddim hyd yn oed mynd i'w lofft i weithio ar y bom drewdod achos roedd ei fam wedi ei rybuddio i gadw draw. Wel, doedd o'n bendant ddim am roi'r ffidl yn y to mor hawdd â hynny. Doedd dim ffiars o beryg y byddai'n cysgu yn ystafell wely Siwsi heno. Roedd y waliau yno wedi eu gorchuddio â phosteri o geffylau ac o sêr pop diflas. Roedden nhw'n ddigon i roi hunllef i unrhyw un! Hunllef – doedd hynny ddim yn syniad rhy ddrwg o gwbl.

Tudur Budr

Sleifiodd Tudur o'r ystafell. Roedd cynllwyn cyfrwys wedi dechrau blaguro yn ei ben yn barod.

BANG, BANG, BANG! Roedd Tudur yn curo ar ddrws yr ystafell ymolchi. Agorodd Besi'r drws. 'Beth?'

'Dwi angen defnyddio'r toiled. Ry'ch chi wedi bod i mewn yn fan 'na ers oriau!' cwynodd Tudur.

Daeth Besi allan a brasgamu heibio iddo.

'Nos da, Besi!' meddai Tudur yn annwyl.

'Hy!' rhochiodd hithau.

'Gobeithio y gwnei di gysgu'n iawn,' meddai Tudur.

Tudur Budr

Arhosodd Besi yn ei hunfan, a throi ar ei sawdl. 'Pam na ddylwn i gysgu'n iawn?'

'Be? Ddaru Siwsi ddim sôn wrthat ti?'

'Sôn wrtha i am beth?' meddai Besi.

'Am yr . . .' edrychodd Tudur o'i gwmpas, cyn sibrwd '. . . ysbrydion sy'n byw yn f'ystafell wely i.'

'Ha ha, doniol iawn,' meddai Besi.

'Pam wyt ti'n meddwl y gwnes i ymbil ar Mam i adael i mi gysgu yn ystafell Siwsi?' meddai Tudur.

'Wnest ti ddim ymbil arni o gwbwl. Dy fam wnaeth dy orfodi di i gysgu yno.'

Ysgydwodd Tudur ei ben. Edrychodd o gwmpas yr ystafell unwaith eto. 'Y synau,' sibrydodd. 'Dyna sy'n fy nghadw i'n effro.'

'Synau?' meddai Besi.

'Y taro a'r tapio. Y cwyno a'r udo,' meddai Tudur.

Tudur Budr

'O', meddai Besi, wrth i'w hwyneb droi'n welw.

'Cofia di, tydi pawb ddim yn gallu eu clywed nhw. Dim ond y rhai sydd yn ofni ysbrydion sy'n gallu eu clywed. Does gen ti ddim ofn ysbrydion, yn nag oes?'

'Fi?' meddai Besi. 'Nag oes, wrth gwrs.'

'Dim problem, felly. Cysga'n dawel!'

Caeodd Tudur ei ddrws a gwenu iddo'i hun. *Ddylai hynny weithio*, meddyliodd.

Tudur Budr

Un ar ddeg o'r gloch y nos. Roedd Besi'n troi a throsi yn ei gwely. Doedd hi ddim yn gallu cysgu. Roedd y fatres yn rhy anghyfforddus. Roedd yr ystafell yn rhy dywyll. Ac yn waeth na hynny i gyd, roedd ei dychymyg yn chwarae triciau arni ac yn gwneud iddi feddwl ei bod yn clywed synau od. Palu celwyddau oedd Tudur, wrth gwrs, yn ôl Siwsi. Doedd yna ddim ffasiwn bethau ag ysbrydion.

GWICH, GWICH, GWICH!

Beth oedd y sŵn yna? Daliodd Besi ei hanadl.

TAP, TAP, TAP!

Roedd o'n swnio fel sŵn traed yn nesáu at y drws. Cydiodd Besi'n dynn yn y flanced.

'Siwsi?' hisiodd. 'Siwsi. Wyt ti'n cysgu?'

Chafodd hi ddim ateb o gyfeiriad y gwely gosod. CLINC, CLINC, CLINC! Handlen y drws oedd yn gwneud y sŵn wrth iddi ysgwyd yn wyllt.

Tudur Budr

'GWIIIIIIIIIIICH!' gwichiodd y drws wrth iddo agor ar ei ben ei hun.

'Help!' gwaeddodd Besi'n ofnus, wrth iddi blymio o dan y blancedi. 'Pwy sydd yna?'

Cymerodd gipolwg sydyn. A dyna ble roedd o! Ysbryd yn stryffaglu drwy'r tywyllwch tuag ati!

'Wwwwwwwww!' cwynodd yr ysbryd. 'WWWWWWWWWWW!'

Tudur Budr

'Siwsi!' meddai Besi'n gryglyd. 'Siwsi, deffra!'

'WWWWWWWWWW!' cwynai'r ysbryd, iddo ddod yn nes ac yn nes. Gallai Besi weld ei draed gwyn, noeth.

'Mae'n rhaid i chi adael y lle yma!' cwynodd yr ysbryd. 'Ewch o'ma neu . . . AW!'

Roedd clustog wedi taro'r ysbryd ar gefn ei ben. Tynnodd Siwsi gynfas wen yr ysbryd, i ddatgelu pyjamas glas.

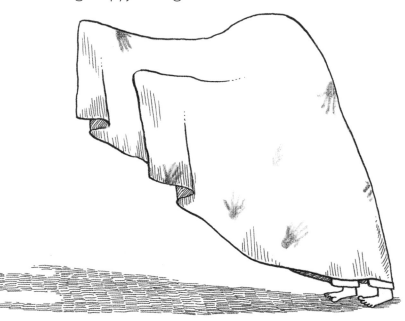

Tudur Budr

'TUDUR!' rhuodd Siwsi.

'Ym, helô,' meddai Tudur.

'Dos allan,' meddai Siwsi. 'Dos allan a phaid â dod 'nôl!'

'Pam ddylwn i?' gofynnodd Tudur.

CLEC! Trawyd Tudur yn ei wyneb gan glustog. CLATSH! Cafodd fonclust gan un arall. Dihangodd Tudur o'r ystafell trwy genllysg o glustogau.

'A'r tro nesaf, mi ddyweda i wrth Mam!' galwodd Siwsi ar ei ôl.

Caeodd Tudur y drws yn glep. Roedd yn rhaid i'w hen chwaer hyll ddeffro a difetha popeth! Doedd ganddo ddim dewis rŵan ond rhoi cynnig ar gynllun B.

Hanner nos. Roedd y tŷ mor ddistaw â'r bedd. Roedd Siwsi'n cysgu. Roedd Besi Bosi'n cysgu. Doedd Tudur ddim yn cysgu.

Tudur Budr

Roedd o'n crwydro ar hyd y landin gyda rhywbeth yn ei law. Agorodd ddrws ei ystafell wely a sleifio i mewn. Ble allai guddio? Gwelodd y sil ffenestr uwchben gwely Besi. Perffaith! Roedd Besi'n siarad yn ei chwsg. 'Fy nhro i rŵan. Tyrd oddi arno fo,' mwmialodd.

Cymerodd Tudur gipolwg o du ôl i'r llenni. Yn ei law, roedd ganddo bry copyn mawr plastig ar damaid o gortyn. Yn araf bach, gollyngodd y pry copyn yn is ac yn is tuag at Besi. Siglodd hwnnw yn ôl a blaen, a throi mewn cylchoedd ar y cortyn wrth iddo ddisgyn yn raddol. Pwysodd Tudur ymlaen er mwyn cael gwell golwg ar bethau. Roedd y pry copyn yn cyffwrdd yn ysgafn â gwallt Besi. Agorodd llygaid Besi led y pen mewn chwinciad chwannen. Roedden nhw'n fawr gan ofn. Roedd yna bry copyn anferthol du o fewn modfedd i'w hwyneb. Roedd ei lygaid coch yn syllu arni. Ysgydwodd ei wyth coes blewog.

Tudur Budr

'AAAAAAAAAAA!' sgrechiodd Besi.

Cafodd Tudur cymaint o fraw nes iddo lithro oddi ar sil y ffenestr a glanio ar ben Besi, a oedd yn cicio ac yn sgrechian.

'AAA! DOS-O-MA! HEEEELP!'

Deffrodd Siwsi wrth glywed yr holl sŵn.

'MAAAAAM! Mae Tudur yn ein hystafell ni!'

CLIC! Daeth golau'r ystafell ymlaen. Safai Mam wrth y drws wedi ei lapio yn ei gŵn nos.

'Tudur!' byrlymodd. 'Beth ar wyneb y ddaear wyt ti'n ei wneud?'

'Roedd yna bry copyn anferthol, afiach yma!' bloeddiodd Besi. 'Roedd o yn fy ngwallt i!'

Plygodd Mam i lawr. Cododd y pry copyn plastig oddi ar y llawr a'i hongian o dan drwyn Tudur.

'Ydi hwn yn perthyn i ti?' gofynnodd.

'O, ym, ydi, diolch. Ro'n i'n edrych am hwnna,' meddai Tudur.

Tudur Budr

Rhythodd Mam arno. 'Dos i dy stafell. Ac os dalia i di allan o dy wely unwaith eto, fydd yna ddim fferins i ti am fis.'

Llusgodd Tudur ei draed wrth fynd yn ôl i'w ystafell. Caeodd y drws ar ei ôl a dringo i'r gwely. Roedd Ymgyrch yr Ysbryd wedi methu. Roedd Ymgyrch y Pry Cop wedi methu. Meddyliodd y byddai'n well iddo beidio â thrio'r Ymgyrch Cynrhon yn eu Tin. Roedd hi'n edrych yn debyg iawn y byddai'n rhaid iddo gysgu yng ngwely Siwsi heno wedi'r cwbwl!

PENNOD 4

Yn y cyfamser, yn ystafell wely Tudur, roedd Besi'n effro o hyd. Byddai'n dda ganddi petai mam Siwsi heb sôn am fferins. Roedd meddwl am fferins yn ei gwneud yn llwglyd. Ac amser swper, roedd hi wedi bwyta'r nesaf peth i ddim.

Gartref, roedd ganddi stôr o fferins wrth gefn, rhag ofn iddi deimlo'n llwglyd amser

gwely. Efallai fod gan frawd bach afiach Siwsi
ychydig wedi eu cuddio'n rhywle?

Edrychodd Besi o dan y gwely. Dim yn
fan'no. Edrychodd o dan y gobennydd. Dim
byd. Agorodd ddrws y cwpwrdd bach wrth y
gwely. Ar y silff roedd yno dwb bach plastig.
Cydiodd Besi ynddo'n awchus a darllenodd y
geiriau blêr ar yr ochr.

Ahaa! Fferins!
meddyliodd Besi.

Rhwygodd y caead oddi
ar y twb ac edrych i mewn.

Tarodd arogl budr ac aflan ei hwyneb fel
storm o wynt. Boddwyd yr ystafell gan
ddrewdod bresych wedi llwydo ac wyau
drwg. Gwasgodd Besi ei llaw yn erbyn ei
cheg. Roedd hi'n mynd i fod yn sâl. Doedd hi
ddim yn gallu anadlu.

'AAAA! YYYYYY!' gwaeddodd, gan ollwng
y bom drewdod.

Tudur Budr

Deffrodd Siwsi.
'Besi! Beth wyt
ti'n . . . YYYYCH! Beth
ydi'r arogl afiach yna?'
ebychodd.
'Dwi'n marw!'
tagodd Besi. 'Dwi'n
mygu! Dwi'n methu cael
fy ngwynt! Gad fi allan!'

BANG! BANG! BANG!

Roedd rhywun yn curo'n wyllt ar ddrws
Tudur.

Ffrwydrodd Siwsi a Besi i mewn i'r ystafell.
'Rydw i angen fy llofft yn ôl!' meddai Siwsi yn
fyr ei gwynt.

'Be?' gofynnodd Tudur.

'Mae o'n afiach! Mae o'n drewi! Mae'n rhaid
i ti adael i ni gysgu'n fa'ma!' ymbiliodd Siwsi.

Tudur Budr

'Am beth wyt ti'n siarad?'

'Yr arogl – o'r peth yna! Mae o'n ein mygu ni.'

Ar hynny, deallodd Tudur beth oedd wedi digwydd – y bom drewdod. Roedd o wedi anghofio popeth am hwnnw.

'Felly, rydych chi eisiau i mi roi eich ystafell yn ôl i chi?' meddai'n araf.

'Ydyn, ydyn. Plîs, Tudur! Allwn ni ddim cysgu yno!' meddai Siwsi.

'Hmmm,' meddai Tudur. 'Mi fydd yn rhaid i mi feddwl am y peth.'

'Fe wnawn ni unrhyw beth!' erfyniodd Besi.

Cododd Tudur ei aeliau. 'Unrhyw beth?'

Bum munud yn ddiweddarach roedd Tudur wedi setlo yn ei wely ei hun. Oedd, roedd yna arogl braidd yn od yn ei ystafell, ond doedd dim gwahaniaeth ganddo fo. Unwaith iddo ddod i arfer ag o, doedd yr arogl ddim yn

Tudur Budr

ddrwg o gwbwl – fedrai o ddim deall pam fod
y merched wedi gwneud cymaint o ffws am y
peth. A ph'run bynnag, y peth pwysig oedd ei
fod o yn ôl yn ei ystafell ei hun. Yfory roedd
Siwsi a Besi wedi gaddo chwarae unrhyw beth
yn y byd roedd o am ei chwarae. Roedd Tudur
eisoes wedi meddwl am gêm dda – ei henw
oedd Pasio'r
Bom Drewdod.

GORWEDD!

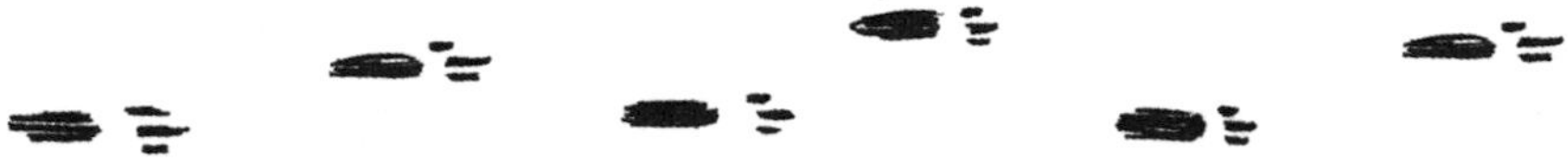

PENNOD 1

'Dosbarthiadau hyfforddi cŵn?' syllodd Tudur
ar ei fam yn llawn dychryn.

'Ia. Dim dadlau, diolch, Tudur,' meddai Mam.

'Ond pam fod yn rhaid i mi fynd?'

'Oherwydd bod yn rhaid i rywun fynd â
Chwiffiwr. Fedr o ddim mynd ar ei ben ei hun.'

'Pam na fedri di fynd â fo?' holodd Tudur.

'Rydw i'n rhy brysur o lawer.'

71

Tudur Budr

'Beth am Dad 'ta?'

'O na,' meddai Dad yn syth. 'Dwi'n andros
o brysur. A ph'run bynnag, dy gi di ydi o.'

'Ond does dim angen hyfforddiant arno fo!'
protestiodd Tudur.

Chwarddodd Mam. 'Tudur! Mae o'n
cyfarth bob tro mae cloch y tŷ'n canu.'

'Ac mae o'n dringo ar y soffa byth a
beunydd,' grwgnachodd Dad.

'Mae o'n llyfu bwyd oddi ar dy blât di,'
meddai Mam. 'A'r wythnos diwethaf
fe wnaeth o'i fusnes yng ngardd
Mrs Melys!'

'Ci ydi o,' meddai Tudur. 'Dyna
beth mae bob ci yn ei wneud!'

'Wel, mae'n hen bryd iddo fo ddysgu sut i
ymddwyn yn dda,' meddai Mam yn gadarn.
'Yn ôl y sôn, mae'r hyfforddwraig cŵn yma'n
gallu gwneud gwyrthiau.'

Ochneidiodd Tudur. Doedd hyn ddim yn

Tudur Budr

deg. Doedd o ddim eisiau mynd â Chwiffiwr i ddosbarthiadau hyfforddi. Roedd o wedi cael llond bol ar ddosbarthiadau yn yr ysgol.

'Beth bynnag, mae o wedi cael ei hyfforddi,' dechreuodd ddadlau. 'Rydw *i* wedi bod yn ei hyfforddi fo erstalwm.'

'Tudur, mae o'n gwneud beth bynnag a fynno fo,' meddai Mam.

'Ddim bob tro,' meddai Tudur. 'Weithiau mae o'n gwrando arna i.'

Edrychodd Mam arno'n amheus. Roedd Chwiffiwr yn cysgu ar ei glustog yn y gornel. Trodd Tudur tuag ato a phwyntio'i fys.

'Gorwedd, Chwiffiwr,' gorchmynnodd. 'GORWEDD!'

Tudur Budr

Agorodd Chwiffiwr un llygad yn ddiog cyn parhau i gysgu.

'Hapus rŵan?' meddai Tudur. 'Yn union fel y dywedais i – mae o'n gwneud popeth yr ydw i'n ei ofyn iddo.'

Plethodd Mam ei breichiau. 'Doniol iawn. Rwyt ti'n mynd â fo i'r dosbarthiadau a dyna ddiwedd arni.'

Y nos Wener ddilynol, aeth Dad â Tudur a Chwiffiwr i'r ganolfan hamdden yn ei gar.

Yn y neuadd fawr roedd yno gŵn o bob lliw a llun yn aros wrth ochr eu perchnogion. Tynnodd Chwiffiwr ar ei dennyn a chyfarth yn gwynfanllyd. Roedd o am fynd i wneud ffrindiau newydd.

Enw'r hyfforddwraig oedd Miss Sgyrnygu. Roedd ganddi wallt syth, tenau ac wyneb fel ci tarw mewn hwyliau drwg. Roedd Tudur yn

Tudur Budr

dallt yn iawn pam fod anifeiliaid yn ufuddhau
iddi hi. Curodd Miss Sgyrnygu ei dwylo a
dweud wrth bawb am sefyll mewn llinell er
mwyn iddi hi gael golwg ar bethau.

'Mmm,' meddai, gan anwesu pen ci coch.
'Da iawn, da iawn. Ardderchog.'

Pan gyrhaeddodd hi Chwiffiwr, arhosodd a
chlicio'i thafod.

'A beth sydd gennym ni fan hyn?'

'Fy nghi i,' atebodd Tudur.

'Mi fedra i weld mai ci ydi
o. Beth oeddwn i'n ei
feddwl oedd, beth ydi
ei *enw* o?'

Tudur Budr

'Chwiffiwr ydi ei enw o.'

'Chwiffiwr?' cyfarthodd Miss Sgyrnygu.
'Dyna enw od ar gi.'

'Wel mae o'n gallu bod braidd yn ddrewllyd,
yn enwedig pan fyddwn ni'n gwylio'r teledu,'
eglurodd Tudur. 'Weithiau mae o'n gollwng
gwynt ac mae'r arogl mor ddrwg fel eich bod
chi'n gallu ei arogli o'r holl ffordd i fyny'r
grisiau.'

'Ar f'enaid i!' meddai Miss Sgyrnygu, gan
gymryd cam yn ôl.

Tudur Budr

'Dydw i ddim yn meddwl ei fod o'n gallu rheoli'r peth,' meddai Tudur.

'Mi wnaiff o DDYSGU sut i reoli'r peth,' atebodd Miss Sgyrnygu'n ddifrifol. 'Yn fy nosbarthiadau i mae cŵn yn gwneud yr hyn mae eu perchnogion yn ei ddweud.' Llygadodd y ddynes Chwiffiwr a chodi'i bys yn llym.

'EISTEDDA!' gorchmynnodd.

Eisteddodd Chwiffiwr. Roedd Tudur yn rhyfeddu at hyn. Doedd o erioed wedi eistedd i neb o'r blaen.

PENNOD 2

Dechreuodd y wers gyntaf. Rhannodd Miss
Sgyrnygu y bisgedi cŵn.

'Rhaid i wobrwyon gael eu hennill,' meddai
wrth y dosbarth. 'Dydi ci drwg ddim yn
haeddu gwobr. Gadewch i ni ddechrau gyda
gorchymyn syml. Addysgu eich ci i ddod
atoch wrth i chi alw arno.'

Ochneidiodd Tudur. Roedd o wedi trio

Tudur Budr

cael Chwiffiwr i ddod ato filiwn o weithiau o'r blaen. Yr unig adeg yr oedd o'n gwrando ac yn dod ato oedd pan oedd ei fowlen fwyd yn llawn.

'Cymerwch gam oddi wrth eich ci a throi i'w wynebu,' meddai Miss Sgyrnygu.

Cerddodd Tudur oddi wrth Chwiffiwr. Pan drodd, roedd Chwiffiwr yn dynn wrth ei sodlau ac yn ysgwyd ei gynffon. Roedd o'n gallu arogli'r bisgedi cŵn.

'Na, Chwiffiwr. Aros di draw'n fan'cw,' meddai Tudur. 'Tyrd ata i pan fydda i'n gweiddi "Tyrd", ocê?'

Llyfodd Chwiffiwr ei law a cheisio gwthio'i drwyn i bocedi Tudur. Llusgodd Tudur o'n ei ôl i'w le gerfydd ei goler.

'Rŵan, galwch ar eich ci yn ôl ei enw,' meddai Miss Sgyrnygu. 'Pan ddaw o, rhowch wobr iddo. A chofiwch, digonedd o ganmoliaeth.'

'Chwiffiwr! Tyrd, boi!' galwodd Tudur.

Tudur Budr

Edrychodd Chwiffiwr i'r cyfeiriad arall.

'Tyrd, boi. Tyrd! TYRD!' gwaeddodd Tudur.

Chwiffiwr oedd yr unig gi yn y neuadd *nad* oedd wedi symud cam. Roedd y perchnogion eraill yn brysur yn ffysian ac yn difetha'u cŵn yn lân, tra oedd y rheini'n llowcio'u bisgedi. Daeth Miss Sgyrnygu at Tudur.

'Ble mae dy wobr di?' taranodd.

'Ym, yn fy mhoced.'

'Na, na, mae'n rhaid i ti adael iddo ei gweld! Tyrd â hi yma!'

Estynnodd Miss Sgyrnygu ei llaw a'r fisged yn gorwedd arni. Cyfarthodd Chwiffiwr yn uchel cyn hedfan tuag ati – chorwynt o ffwr a choesau a thafod.

Cafodd Miss Sgyrnygu ei hoelio i'r llawr, gyda Chwiffiwr ar ei phen yn crensian ei fisged yn hapus braf.

81

Tudur Budr

'Gawsoch chi hwyl arni?' holodd Mam wrth
i Tudur gyrraedd adref.

'Roedd o'n ofnadwy,' ochneidiodd Tudur,
gan suddo i'r gadair. 'Mae o'n waeth na bod
yn yr ysgol.'

Ymlwybrodd Chwiffiwr tuag at ei glustog a
disgyn arno'n flinedig.

'Paid â phoeni,' meddai Mam. 'Y wers
gyntaf ydi'r galetaf bob tro meddan nhw.'

'Dwyt ti ddim wedi cyfarfod â Miss
Sgyrnygu,' meddai Tudur yn bwdlyd. 'Mae hi'n
gweiddi drwy'r amser – hyd yn oed pan fydd
hi'n sefyll wrth dy ymyl di. Mi fetia i ei bod
hi'n arfer bod yn y fyddin. Mi fetia i ei bod hi
wedi cael llond bol ar weiddi ar filwyr trwy'r
dydd ac wedi penderfynu cael swydd yn
gweiddi ar gŵn a'u perchnogion yn lle hynny.'

'Cyn belled â bod Chwiffiwr yn gwneud fel
yr ydym ni'n ei ddweud, does dim ots gen i,'
meddai Mam.

Tudur Budr

'Ond dyna'r peth, dydi o ddim!' cwynodd Tudur. 'Mae o'n drysu. Mae o'n eistedd pan mae o i fod i ddod ata i a phan ydw i'n gweiddi "Tyrd", mae o'n gorwedd i lawr! Yr unig beth mae o'n gallu ei wneud yn dda ydi stwffio'i hun â bisgedi!'

Edrychodd Mam ar Chwiffiwr, a oedd wedi syrthio i gysgu. 'Wel, mae yna saith wythnos arall i fynd. Mae o'n siŵr o wella.'

'Saith?' ochneidiodd Tudur. Saith wythnos arall o ddioddef Miss Sgyrnygu yn gweiddi a Chwiffiwr yn dod yn olaf allan o'r dosbarth cyfan. Doedd o ddim yn siŵr a fedrai o ddioddef hynny.

'A wnest ti ddim dweud wrtha i y byddai yna brawf,' meddai Tudur gan duchan. 'Mae'n rhaid i Chwiffiwr basio fel Ci DU.'

'Fel ci beth?'

'Ci DU. Ci â Diploma Ufudd-dod,'

Tudur Budr

atebodd Tudur. 'Dyna beth sydd i'w ennill ar y diwedd.'

'Da iawn,' meddai Mam. 'Dwi'n disgwyl iddo basio, yn enwedig o ystyried faint ydw i'n ei dalu.'

Roedd Tudur yn edrych yn amheus. 'Wel,' meddai. 'Paid â disgwyl gormod.'

Cafodd Mam syniad. 'Beth am hyn?' meddai. 'Dwi am gynnig gwobr i ti. Os gwnaiff Chwiffiwr basio fe wna i ddyblu dy bres poced di.'

Edrychodd Tudur arni'n syn. 'Wir?'

'Wir.'

Gwnaeth Tudur ychydig o sỳms yn ei ben yn sydyn. Dwbl ei bres poced, byddai hynny'n golygu ... ym ... dwbl beth mae'n ei gael fel arfer, a oedd yn gwneud cyfanswm o ... eithaf lot. Gallai brynu llawer o bethau gyda dwbl ei bres poced.

Doedd yna ddim ond un broblem anferth. Roedd yna fwy o siawns i Chwiffiwr basio ei brawf gyrru na chael ei Ddiploma Ufudd-dod.

PENNOD 3

Bob wythnos am y chwe wythnos nesaf
llusgodd Tudur Chwiffiwr i ddosbarthiadau
Miss Sgyrnygu. Doedd Chwiffiwr ddim yn
dangos unrhyw arwydd o welliant. Roedd o
wedi gwneud ffrindiau gyda ci bocsar o'r enw
Bonso. Roedd o wedi dysgu sut i ddwyn
bisgedi o boced Tudur. Ond wnaeth o ddim
dysgu sut i fod yn ufudd. Roedd Tudur yn

Tudur Budr

dechrau anobeithio. Yn yr ysgol esboniodd ei broblem wrth Dona. Roedd gan Dona fochdew a physgodyn aur, felly roedd hi'n arbenigwraig ar anifeiliaid anwes. Awgrymodd hi y dylai'r ddau ohonynt fynd â Chwiffiwr am dro i'r parc am wersi ychwanegol.

'Does dim pwynt,' cwynodd Tudur, wedi i Chwiffiwr redeg i ffwrdd am y canfed tro. 'Waeth i mi roi'r ffidl yn y to ddim, wneith o fyth basio!'

'Efallai mai ti sydd yn gwneud rhywbeth yn anghywir,' meddai Dona.

'Sut hynny? Dwi'n gweiddi'n union fel y mae hi'n ei wneud.'

Rhuthrodd Chwiffiwr atynt. Roedd o wedi dod o hyd i hen bêl rwber dyllog yn y gwair.

'Tria unwaith eto. Dyweda wrtho am orwedd,' meddai Dona.

Tudur Budr

'GORWEDD!' gwaeddodd Tudur.
'CHWIFFIWR, GORWEDD!'

Gollyngodd Chwiffiwr y bêl wrth draed
Tudur a chyfarth. Eisteddodd Tudur ar y llawr
mewn anobaith. Eisteddodd Chwiffiwr hefyd.
Edrychodd Dona ar y ddau'n feddylgar.

'Gad i ni drio rhywbeth arall. Dwi am fynd
i sefyll draw'n fan'cw a tyrd di ata i pan fydda
i'n galw arnat ti.'

'Fi?' meddai Tudur. 'Ddim fi sydd angen yr
hyfforddiant!'

Edrychodd Dona arno. 'Wyt ti eisiau fy
help i neu beidio?'

Ochneidiodd Tudur. Gallai Dona fod yn
foslyd iawn pan oedd hi eisiau ymddwyn felly.

'Barod?' meddai Dona. 'Iawn. Tyrd!'
Cerddodd Tudur tuag ati a Chwiffiwr y tu ôl
iddo. Roedd Dona'n edrych yn falch.

'Rŵan, rholia,' meddai.

'Pwy?'

Tudur Budr

'Ti! Tyrd yn dy flaen, rholia!'

Gan deimlo'n eitha gwirion, gorweddodd Tudur ar ei hyd yn y gwair, a rholio ynddo. Cyfarthodd Chwiffiwr yn llawen a rholio hefyd. Roedd hon yn gêm dda.

'Ti'n gweld? Roeddwn i'n iawn,' chwarddodd Dona. 'Mae o'n gwneud beth wyt ti'n ei wneud. Y cwbwl sydd angen i ti ei wneud ydi ei gael o i dy ddynwared di!'

'Waw!' meddai Tudur. 'Rwyt ti'n wych!'

'Dwi'n gwybod,' cytunodd Dona.

Roedd Tudur yn dal i edrych braidd yn amheus. 'Ond beth am y prawf?' gofynnodd. 'Mae'n rhaid gwneud mwy na rholio, bydd yno dwneli a chlwydi a phethau eraill.'

'Hawdd!' meddai Dona gan godi ei hysgwyddau. 'Gwna di'r cwbl hefo fo. Trystia fi. Mae o'n siŵr o weithio.'

Tudur Budr

Y dydd Gwener wedyn, ymgasglodd dosbarth
Miss Sgyrnygu ar gyfer eu harholiad terfynol.
Llygadodd Tudur y cŵn eraill – Bonso y
Bocsar, Dai y Daeargi, a Dot y Dalmatian.
Roedd pob un wedi cael eu golchi a'u cribo
ar gyfer eu diwrnod mawr.

Allan yn y parc roedd yna ras rwystrau i
gŵn. Roedd yno glwydi bychain, polion i
wehyddu drwyddynt a thwnnel hir, glas.
Roedd Miss Sgyrnygu â'i chlipfwrdd a'i phensil
yn ei dwylo'n barod i farcio perfformiad bob
ci. Tynnodd Chwiffiwr ar ei dennyn. Draw yr
ochr arall i'r parc roedd o wedi gweld criw o
fechgyn yn chwarae gyda ffrisbi. Ffrisbi oedd
ei hoff degan.

Dot oedd y gyntaf
i gael ei hasesu.
Sgoriodd farciau
llawn, 10 allan o 10, heb
wrthod gwneud dim.

Tudur Budr

Gwyliodd Tudur Bonso a Dai'n cwblhau'r cwrs gyda marciau uchel hefyd. Doedd Chwiffiwr ddim i'w weld yn talu llawer o sylw. Roedd o'n dal i syllu ar draws y parc.

O'r diwedd daeth tro Chwiffiwr. 'Ocê, Chwiffiwr,' sibrydodd Tudur. 'Dilyna fi.' Dechreuodd redeg a neidio'n uchel dros y glwyd gyntaf.

Chwifiodd Miss Sgyrnygu ei chlipfwrdd yn yr awyr. 'Na, na, Tudur! Y ci, nid ti!'

Ond roedd cynllun Dona'n gweithio. Roedd Chwiffiwr yn dynwared symudiadau Tudur, gan gamu dros glwydi a neidio'n uchel fel ceffyl rasio. Aeth Tudur ar ei bedwar a chropian drwy'r twnnel.

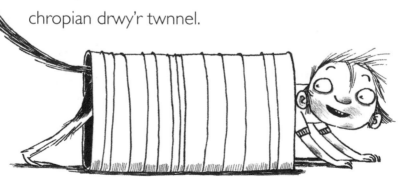

Tudur Budr

Dawnsiodd ei ffordd drwy'r polion wrth i bawb wylio'n gegagored. Bron iawn yno! Yn sydyn daeth ffrisbi coch i'w cyfeiriad a tharo Tudur yn ei ben.

Dechreuodd Chwiffiwr gyfarth yn gyffrous. Roedd ffrisbi yn golygu gêm. *O na*, meddyliodd Tudur a chydio ynddo cyn i Chwiffiwr lamu tuag at y tegan. Rhedodd bachgen mewn crys pêl-droed tuag ato.

'Hei! Ni biau hwnna!' meddai.

Roedd Tudur wedi trio ei daflu'n ôl, ond fel pob ffrisbi arall, roedd gan hwn ei feddwl ei hun. Cododd i'r awyr a throi am yn ôl, dros ei ben. Chwyrlïodd fel awyren yn hedfan yn isel dros y llinell o gŵn a oedd yn disgwyl eu tro. Gwyliodd pymtheg pâr o lygaid o'n mynd. Dechreuodd pymtheg o gŵn gyfarth a neidio i'r awyr gan dynnu ar eu tennyn. Gwelodd Chwiffiwr y ffrisbi'n dod yn ei ôl tuag ato. Neidiodd yn uchel a'i ddal yn ei geg a rhedeg

Tudur Budr

fel milgi. Cyn y gallai neb weiddi 'GORWEDD!'
roedd y cŵn eraill yn rhedeg ar ei ôl.

'IESGOB!' bloeddiodd Tudur, gan igam-
ogamu rhwng yr haid o gŵn a oedd yn taranu
i'w gyfeiriad. Disgynnodd y clwydi'n fflat wrth
i'r cŵn ruthro i'w cyfeiriad. Tyrrodd y cŵn fel
llygod mawr drwy'r twnnel glas. Ceisiodd
Miss Sgyrnygu eu stopio. Cododd ei llaw i'r
awyr fel plismones yn rheoli'r traffig.
'GORWEDD!' bloeddiodd. Neidiodd Bonso
arni a diflannodd i ganol y sgrỳm.

PENNOD 4

Fe gymerodd hi gryn dipyn o amser i dawelu'r cŵn. Cafodd y ffrisbi, a oedd wedi cael ei gnoi ychydig o amgylch yr ymyl, ei ddychwelyd i'w berchnogion. Roedd y twnnel glas wedi ei rwygo rywsut. Ond yr hyn na fedrai Tudur ei ddeall oedd pam yn y byd fod pawb yn rhoi'r bai arno fo?!

'Ddim fy ffrisbi i oedd o!' eglurodd.

Tudur Budr

'Mi fuaswn i wedi gallu cael fy lladd wrth gael fy mhwnio ar fy mhen fel yna. Yn hytrach na rhoi'r bai arna i, fe ddylech chi fod yn gofyn i mi a ydw i'n teimlo'n iawn!'

Doedd Miss Sgyrnygu ddim i'w gweld yn poeni rhyw lawer a oedd Tudur yn iawn ai peidio. Roedd ganddi laswellt yn ei gwallt ac olion pawennau budr dros ei sgert. Dywedodd y byddai'n mynd ati i wobrwyo'r cŵn, er mwyn i bawb gael mynd adref.

Gwyliodd Tudur yn drist wrth i bob ci a'i berchennog gamu ymlaen. Roedd o'n amau'n gryf a fyddai Chwiffiwr yn cael ei ddiploma, yn enwedig ar ôl yr holl halibalŵ.

'Ac yn olaf . . .' meddai Miss Sgyrnygu. 'Tudur a Chwiffiwr.'

Camodd Tudur i'r blaen. Syllodd Miss Sgyrnygu arno.

'Yn ystod yr ugain mlynedd diwethaf, dydw

Tudur Budr

i erioed wedi cyfarfod â chi na fedrwn mo'i
hyfforddi,' meddai. 'Tan rŵan.'

Tawelodd ei llais. 'Fodd bynnag, rydw i am
roi hwn i ti ar un amod, sef dy fod ti'n gaddo
peidio â dod i unrhyw un o'm dosbarthiadau i
byth eto!'

'O, wna i ddim,' meddai Tudur. 'Wir yr.'

'Iawn felly,' meddai Miss Sgyrnygu, gan estyn
darn o bapur iddo.

Edrychodd Tudur arno.

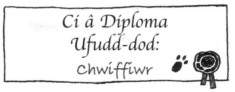

Ci â Diploma
Ufudd-dod:
Chwiffiwr

'Waw! Diolch!' meddai. 'Edrych, Chwiffiwr.
Rwyt ti wedi pasio!'

Ddeng munud yn ddiweddarach rhedodd
Tudur i'r maes parcio lle roedd ei fam yn aros
amdano.

'Edrych, Mam!' bloeddiodd. 'Rydyn ni wedi
llwyddo! Mae Chwiffiwr wedi pasio!'

Tudur Budr

Roedd Mam wrth ei bodd. Estynnodd bres poced Tudur iddo – dwbl y swm arferol. 'Da iawn, Tudur. A da iawn Chwiffiwr, y ci bach clyfar, fe ddywedais i y gallai o lwyddo!' Edrychodd y tu ôl i Tudur. 'Ble mae o, felly?'

Edrychodd Tudur y tu ôl iddo i hefyd gan weld Chwiffiwr yn rasio ar draws y cae. Galwodd arno.

'Chwiffiwr! Tyrd yma, boi! TYRD!'

Ond wnaeth Chwiffiwr ddim hyd yn oed edrych arno!

Ci â Diploma
Ufudd-dod
Chwiffiwr